정말

정말

이 정 록 시 집

창비

차 례

제3부

제4부

제1부

붉은 마침표

그래, 잘 견디고 있다
여기 동쪽 바닷가 해송들, 너 있는 서쪽으로 등뼈 굽었다
서해 소나무들도 이쪽으로 목 휘어 있을 거라,
소름 돋아 있을 거라, 믿는다

그쪽 노을빛 우듬지와
이쪽 소나무의 햇살 꼭지를 길게 이으면 하늘이 된다
그 하늘길로, 내 마음 뜨거운 덩어리가 타고 넘는다
송진으로 봉한 맷돌편지는 석양만이 풀어 읽으리라

아느냐?
단 한 줄의 문장, 수평선의 붉은 떨림을
혈서는 언제나 마침표부터 찍는다는 것을

갈대

겨울 강, 그 두꺼운
얼음종이를 바라보기만 할 뿐
저 마른 붓은 일획이 없다
발목까지 강줄기를 끌어올린 다음에라야
붓을 꺾지마는, 초록 위에 어찌 초록을 덧대랴
다시 겨울이 올 때까지 일획도 없이
강물을 찍고 있을 것이지마는,
오죽하면 붓대 사이로 새가 날고
바람이 둥지를 틀겠는가마는, 무릇
문장은 마른 붓 같아야 한다고
그 누가 일필(一筆)도 없이 휘지(揮之)하는가
서걱서걱, 얼음종이 밑에 손을 넣고
물고기비늘에 먹을 갈고 있는가

기도

한겨울 연못 연밥 본다
그을린 가마솥 본다 저게 연의 가슴이구나
눈보라가 밥물을 잡자 살얼음이 가늠한다
낱알마다 다시 작은 솥단지가 하나씩이다

연잎과 연꽃이 우러러 받든 하늘
그 하늘의 휘파람을 겨우내 끓이면 봄이 온다
진흙공책에다 고개를 꺾는 복학의 계절이다
이곳저곳에 밑줄 긋지 말자
꺾인 연밥의 고개를 세우고 상처를 쓰다듬는다
이렇듯 밑줄은 단 한 번만 긋는 것이다

끝내 이루고자 하는 것은 마침표부터 찍는다
기도는 그 마침표에서 싹을 꺼내는 것
꽃과 밥은 언제나 무릎에 주시었나니
두 무릎에 연꽃이 필 때까지

나뭇가지를 얻어 쓰려거든

먼저 미안하단 말 건네고
햇살 좋은 남쪽 가지를 얻어오너라
원추리꽃이 피기 전에 몸 추스를 수 있도록
마침 이별주를 마친 밑가지라면 좋으련만
진물 위에 흙 한 줌 문지르고 이끼옷도 입혀주고
도려낸 나무그늘, 네 그림자로 둥글게 기워보아라
남은 나무 밑동이 몽둥이가 되지 않도록
끌고 온 나뭇가지가 채찍이 되지 않도록

마흔셋

눈물샘에,
이슬이 비쳤다

샘 바닥에 마른 물고기 한 마리, 한쪽 눈은 진창 속에 다
른 한쪽 눈은 먼 하늘에 던져두었다 쇠기러기처럼 시린 눈
과 반대쪽 진흙 눈, 두 눈길을 잇댄 만큼 부풀어오른 부레
속으로

연뿌리가 똬리를 틀었다
어탁(魚拓)이 서녘 구름으로 번져나갔다

등비늘에,
파경(破鏡)이 꽃잎 같았다

꽃살문

꽃에는 정작 방년(芳年)이란 말이 없다네
그래, 천년만년 꽃다운 얼굴 보여주겠다고
누군가 칼과 붓으로 나를 피워놓았네만
그 붓끝 떨림이며 칼자국, 바람에 다 삭혀내야
꽃잎에 나이테 서려 무는 방년 아니겠나?
꽃이란 게, 향과 꿀을 퍼내는 출문이자 열매로 가는 입
문이라
나도 고개 돌려 법당 마루에 오체투지하고 싶네만
마른 주둥이 훔치는 햇살 천년 바람 천년,
법당 마당의 싸리비질 자국만 돋을새김하고 있네
그렇다네, 이 문짝에 염화(拈華) 없다면
어찌 어둔 법당에 미소(微笑) 있겠는가?
풍경소리며 목탁소리에도 나이테가 있는 법,
날 쓰다듬고 가는 저 달빛 구름 그림자처럼
씨앗 쪽으로 잘 바래어 가시게나

나도 이제 기와불사를 하기로 했다

금강산 관광기념으로 깨진 기왓장 쪼가리를 숨겨오다 북측 출입국사무소 컴퓨터 화면에 딱 걸렸다 부동자세로 심사를 기다린다 한국평화포럼이란 거창한 이름을 지고 와서 이게 뭔 꼬락서닌가 콩당콩당 분단 반세기보다도 길다

"시인이십네까?" "네" "뉘기보다도 조국산천을 사랑해야 할 시인 동무께서 이래도 되는 겁네까?" "잘못했습니다" "어찌 북측을 남측으로 옮겨가려 하십네까?" "생각이 짧았습니다" "어데서 주웠습네까?" "신계사 앞입니다" "요거이 조국통일의 과업을 수행하다가 산화한 귀한 거이 아닙네까?" "몰라봤습니다" "있던 자리에 고대로 갖다놓아야 되지 않겠습네까?" "제가 말입니까?" "그럼 누가 합네까?" "일행과 같이 출국해야 하는데요" "그럼 그쪽 사정을 백천번 살펴서 우리 측에서 갖다놓겠습네다" "정말 고맙습니다" "아닙네다 통일되면 시인 동무께서 갖다놓을 수도 있겠디만, 고사이 잃어버릴 수도 있지 않겠습네까? 그럼 잘 가시라요"

한국전쟁 때 불탔다는 신계사, 그 기왓장 쪼가리가 아니었다면 어찌 북측 동무의 높고 귀한 말씀을 들을 수 있었으리요 나도 이제 기와불사를 해야겠다, 쓰다듬고 쓰다듬는 가슴속 작은 지붕 조국산천에 오체투지하고 있던 불사한 채

금강빗자루

박한 원고료 모아 아내에게 디지털카메라를 선물했건만, 가슴 쿵쾅거리는 금강산 나들이 전날까지 코빼기도 보여주지 않는다 기계 다루는 건 젬병이라 짐만 될 뿐이라고, 게다가 잃어버리기 대장 아니냐고 핀잔만 준다 시인이라면 모름지기 가슴에 산하를 담아야지 디지털이 뭐냐고 삐죽거리다가, 제 입방아가 지나쳤다 싶었는지 자정 지나 슬그머니 카메라를 꺼내온다 이건 절대 건드리지 마라, 이것만 누르면 된다, 출국심사만큼 까다롭다

아, 눈부시고 가슴 저린 금강산! 그런데 눈짓 몇번 보내지 않았건만, 삼일은 맘 놓고 쓴다던 충전지가 방전돼버렸다 가방 깊숙이 카메라를 집어넣고 아내 말처럼 모름지기 시인이 되어 맘속에다 선녀도 들앉히고 만물상도 차렸다 사진만 빼놓고는 보람찬 동국여지승람이었다

집에 오자마자 아내는 카메라 안부부터 챙겼다 근데 이게 웬일인가? 사진은 없고 온통 개펄 비질뿐이다 아내가 갑자기 구룡폭포처럼 웃음 쏟아낸다 상팔담 하팔담 끊일듯 에돌며 움푹움푹 대소를 놓는다 이건 절대 만지지 말랬잖아 동영상에다 돌려놓고 산을 탔으니 팔자걸음에 들입

다 길바닥만 찍어댄 거잖아 그 순간 갑자기, 북측 판매원 김용숙의 우렁이 손톱이 떠오르더니 내가 그녀의 입을 빌려 뚝 부러지게 말 건네는 게 아닌가 그럼 내래 분단의 사슬을 뚫고 처음으로 금강산 올랐는데 풍경이나 담아올 줄 알았네? 내래 시인 아니네 금강산을 가장 밀착 취재한 첫째 시인으로 대접해달라우 그리고 고거이 절대 삭제하면 아니 된대이, 하고는 말의 서랍을 콱 닫아버리니 마음 짱짱해지는 거였다 흘끔 그 동영상이란 걸 들여다보니 우람하고도 당찬 한 사내가 입김 내뿜으며 삿되고 녹슨 잡귀를 싹싹 쓸어내고 있는 게 아닌가

　오늘은 춥고도 매운 대한, 비로봉의 이마가 이곳 남측으로 눈부시게 솟아올랐겠다 용숙 동무의 우렁이 손톱도 잠깐 금강으로 쨍 떠오르는 것이었다

식구

그릇 기(器)라는 한자를 들여다보면
개고기 삶아 그릇에 담아놓고
한껏 뜯어먹는 행복한 식구(食口)들이 있다
작은 입이 둘이고 크게 벌린 입이 둘이다
그중 큰 입 둘 사라지자 울 곡(哭)이다
식은 개고기만 엉겨붙어 있다
개처럼 엎드려 땅을 치는 통곡이 있다

아니다, 다시 한참을 들여다보면,

기(器)란 글자엔 개 한 마리 가운데에 두고
방싯방싯 웃는 행복한 가족이 있다
옹기종기 그릇이 늘어나는 경사가 있다
곡(哭)이란 글자엔, 일터로 나간 어른 대신
남은 아이들 지키느라 컹컹 짖는 개가 있다
집은 제가 지킬게요 저도 밥그릇 받는 식구잖아요
밤하늘 별자리까지 흔들어대는 목청이 있다

보리앵두 먹는 법

앵두를 오래 먹는 법은 따먹지 않는 거다
한 주먹 우물거려도 앵두씨나 가득할 것을
싸돌아다니는 닭들 목구멍이나 막히게 할 것을
툇마루에 그림자 하나 앉혀놓고 눈으로 먹는 거다
보리알만해진 눈곱 곁에 앵두알 눈동자를 짝지우는 거다
눈동자 속으로 날아드는 새들의 노랫소리까지 받아먹는
거다
앵두 뺨을 훔치는 소만 망종의 달빛까지 핥아먹는 거다
앵두 뺨과 앵두 이파리의 솜털이 내 귓불에도 돋아나게
하는 거다
그리하여 달빛 앵두인 양 날 훔쳐보는 사람 하나 갖는
거다
나 몰라라 슬그머니 앵두 이파리 뒤쪽에 숨어
혼자 날아온 새처럼 깃이나 다듬는 거다
처음 만나는 눈길인 양 쌍꺼풀만 깜작이는 거다
돌아앉아 앵두가 떨어지지 않을 만큼만 나직이 우는 거다

반달편지함

오늘밤엔 약수터 다녀왔어요 플라스틱 바가지 입술 닿는 쪽만 닳고 깨졌더군요 사람의 입, 참 독하기도 하지요 바가지의 잇몸에 입술 포개자, 첫키스처럼 에이더군요 사랑도 미움도 돌우물 바닥을 긁는 것처럼 아프기 때문이죠

그댈 만난 뒤 밤하늘 쳐다볼 때 많아졌죠 달의 눈물이 검은 까닭은 달 등짝에 써놓은 수북한 편지글들이 뛰어내리기 때문이죠 때 묻은 말끼리 만나면 자진하는 묵은 약속들, 맨 나중의 고백만으로도 등창이 나기 때문이죠

오늘밤에도 달의 등짐에 편지를 끼워넣어요 달빛이 시린 까닭은 달 어깨 너머에 매달린 내 심장, 숯 된 마음이 힘을 놓치기 때문이죠 언제부터 저 달, 텅 빈 내 가슴의 돌우물을 긁어댔을까요 쓸리고 닳은 달의 잇몸을 젖은 눈망울로 감싸안아요

물 한 바가지의 서늘함도 조마조마 산에서 내려온 웅달의 실뿌리와 돌신발 끌며 하산하는 아린 뒤꿈치 때문이죠

우표만한 창을 내고 이제 낮달이나 올려다봐야겠어요 화
장 지운 그대 시린 마음만 조곤조곤 읽어야겠어요 쓰라린
그대 돌우물도 내 가슴 쪽으로 기울고 있으니까요

도깨비기둥

당신을 만나기 전엔,
강물과 강물이 만나는 두물머리나 두내받이, 그 물굽이
쯤이 사랑인 줄 알았어요

피가 쏠린다는 말, 배냇니에 씹히는 세상 어미들의 젖꼭
지쯤으로만 알았어요
바람이 든다는 말, 장다리꽃대로 빠져나간 무의 숭숭한
가슴 정도로만 알았어요

당신을 만난 뒤에야, 겨울밤
강줄기 하나가 쩡쩡 언 발을 떼어내며 달려오다가, 또
다른 강물의 얼음 진군과 맞닥뜨릴 때!
그 자리, 그 상앗빛, 그 솟구침, 그 얼음 울음, 그 빠개짐
을 알게 되었지요

당신을 만나기 전엔,
얼어붙는다는 말이 뒷골목이나 군인들의 말인 줄만 알
았지요 불기둥만이 사랑인 줄 알았어요

마지막 숨통을 맞대고 강물 깊이 쇄빙선을 처박은 자리,
흰 뼈울음이 얼음기둥으로 솟구쳤지요
　당신을 만난 뒤에야,
　그게 바로 도깨비기둥이란 걸 알았지요 열 길 물속보다
깊은
　한 길 마음만이 주춧돌을 놓을 수 있다는 것을
　강물은 흐르는 게 아니라 쏠리는 것임을

　알았지요, 다 얼어버렸다는 것은 함께 가겠다는 것
　금강(金剛)기둥으로 지은 울음 한 채, 하늘 주소까지

옆걸음

전깃줄에 새 두 마리
한 마리가 다가가면 다른 한 마리
옆걸음으로 물러선다 서로 밀고 당긴다
먼 산 바라보며 깃이나 추스르는 척
땅바닥 굽어보며 부리나 다듬는 척
삐친 게 아니다 사랑을 나누는 거다
작은 눈망울에 앞산 나무 이파리 가득하고
새털구름 한올 한올 하늘 너머 눈 시려도
작은 몸 가득 콩당콩당 제짝 생각뿐이다
사랑은 옆걸음으로 다가서는 것, 측근이라는 말이
집적집적 치근거리는 몸짓이 이리 아름다울 때 있다
아침 물방울도 새의 발목 따라 쪼르르 몰려다닌다
그중 한 마리가 드디어 야윈 죽지를 낮추자
금강초롱꽃 물방울들 땅바닥을 적신다
팽팽한 활시위 하나가 하늘 높이
한 쌍의 탄두를 쏘아올린다

아프니까 그댑니다

암에 걸린 쥐 앞에 열두 씨앗 놓아둡니다
성한 쥐는 거들떠보지도 않는 씨알 쪽으로
병든 쥐가 시름시름 다가가 그러모읍니다
오물오물 독경하듯 앞발로 받듭니다

병든 어미 소를 방목합니다
건강한 소들은 혀도 디밀지 않는 독풀
젖통 출렁이며 허연 혀로 감아챕니다
젖은 눈망울로 뿌리째 뽑아먹습니다

그대 향한 내 병은 얼마나 깊은지요
그대 먼 눈빛에서 낟알을 거둡니다
그대 마음의 북쪽에 고삐를 매고
살얼음 잡힌 독풀을 새김질합니다

내가 아프니까 비로소 그댑니다

제2부

작명의 즐거움

콘돔을 대신할
우리말 공모에 애필(愛必)이 뽑혔지만
애필이란 이름을 가진 사람들의 결사적 반대로 무산되
었다
그중 한글의 우수성을 맘껏 뽐낸 것들을 모아놓고 보니
삼가 존경심마저 든다

똘이옷 고추주머니 거시기장화 밤꽃봉투 남성용고무장
갑 정관수술사촌 올챙이그물 정충검문소 방망이투명망토
물안새 그거 고래옷 육봉두루마기 성인용풍선 똘똘이하이
바 동굴탐사복 꼬치카바 꿀방망이장갑 정자지우개 버섯덮
개 거시기골무 여따찍싸 버섯랩 올챙이수용소 쭈쭈바껍데
기 솟아난열정내가막는다 가운뎃다리작업복 즐싸 고무자
꾸 무골장군수영복 액가두리 정자감옥 응응응장화 찍하고
나온놈이대갈박고기절해

아, 시 쓰는 사람도 작명의 즐거움으로 견디는바
나는 한없이 거시기가 위축되는 것이었다

봄 가뭄에 졸아붙은 올챙이 눈, 그 작고 깊은 끈적임을

천배쯤 키워놓으면 바로 콘돔이거니, 달리 요약 함축할 길 없어

개펄 진창에 허벅지까지 빠지던 먹먹함만 떠올려보는 것이었다

애보기글렀네 짱뚱어우비 개불장화를 나란히 써놓고

머릿속 뻘구녕만 들락거려보는 것이었다

홍어

욕쟁이 목포홍어집
마흔 넘은 큰아들
골수암 나이만도 십사년이다
양쪽 다리 세 번 톱질했다
새우눈으로 웃는다

개업한 지 십팔년하고 십년
막걸리는 끓어오르고 홍어는 삭는다
부글부글,을 벌써 배웅한
저 늙은네는 곰삭은 젓갈이다

겨우 세 번 갔을 뿐인데
단골 내 남자 왔다고 홍어좆을 내온다
남세스럽게 잠자리에 이만한 게 없다며
꽃잎 한 점 넣어준다

서른여섯 뜨건 젖가슴에
동사한 신랑 묻은 뒤로는

밤늦도록 홍어좆만 주물럭거렸다고
만만한 게 홍어좆밖에 없었다고
얼음 막걸리를 젓는다

얼어죽은 남편과 아픈 큰애와
박복한 이년을 합치면
그게 바로 내 인생의 삼합이라고

우리집 큰놈은 이제
쓸모도 없는 거시기만 남았다고
두 다리보다도 그게 더 길다고
막걸리 거품처럼 웃는다

엄니의 화법

추석 맞아
장발에 파마하고 고향에 내려갔더니,

  너는 농사도 안 짓는 애가
  왜 검불은 이고 댕기냐? 하신다

글도 안되고
이러저러 마음 시려서 몇달 만에
머리 깎고 다시 찾았더니,

  나라 경제가 어렵다 하드만, 그새
  농사채 다 팔아먹었냐? 하신다

넉 달 전 말씀
어찌 기억하고 바깥쪽 댓구를 단다
배냇짓부터 가르쳐준 엄니와 말싸움 해봐야 뭐하나?
선산 쪽에다 혼잣말 던진다

엄니가 내 땅 다 훑어갔구먼
머리칼에 불두화 수북헌 거 보니께

뽑지도 않은 배추밭에 함박눈 내린다
하느님도 농사채 다 팔아잡쉈나?
그득그득 내려앉는 하늘 검불들

불주사

내 왼어깨에 있는 절이다
절벽에 지은 절이라서 탑도 불전도 없다
눈코 문드러진 마애불뿐이다
귀하지 않은 아들 어디 있겠느냐만
엄니는 줄 한번 더 섰단다
공짜라기에 예방주사를 두 번이나 맞혔단다
그게 덧나서 요 모양 요 꼴이 됐다고
등목해줄 때마다 혀를 차신다
보건소장이 아주 좋은 거라 해서
한번 더 맞히려 했는데 세번째는 들켰단다
크는 흉터는 부처님도 어쩔 수 없는 거라고
이것 때문에 가방끈도 소총 멜빵도
흘러내리지 않아 좋았다 말씀드려도
자식 몸 버려놓은 무식한 어미를 용서하란다
인연이란 게 본래 끈 아닌가
내 왼어깨엔 끈이란 끈
잘 건사해주는 불주사라는 절터가 있다
어려서부터 난 누군가의 오른쪽에서만 잔다

하면 내 인연들은 법당 마당 탑신이 아니겠는가
내 왼어깨엔 엄니가 지어주신
불주사가 있다 손들고 나서려고만 하면
물구나무서버리는 마애불이 산다

하늘접시

  시골 엄니를 위해 누님은 에어컨과 스카이 라이프를 달아드리고 아우는 텔레비전과 청소기를 사드렸는데, 맏아들인 나는 병아리 눈곱만큼 나오는 전기료와 벙어리 전화세 내드리는 게 전부다

  그런데 누님은 누님이시다

  누님이 달아드린 그 위성 안테나가 치매 걸린 광줄댁, 풍 맞은 대밭머리 아주머니, 수다와 버캐가 전문인 박달자 할머니까지, 동네 과부들을 어머니 방에 다 모이게 하는 것이다 모두 모여 벌건 대낮에 훌러덩 식식거리는 영화를 꼴깍꼴깍 보고 계신다 이 집 텔레비는 원제 저리 다 벗겨놨댜? 어이쿠 어이쿠 저 양코배기 방아 찧는 것 좀 봐 풍 맞은 몸으로 흉내내려니 반쪽만 에로배우다 굳은 한쪽 팔다리는, 주책 좀 그만 떨라니까! 젊어 떠난 서방이 엉거주춤 옷섶 추슬러주는 듯하다 풍 맞고야 앞서 간 남편과 몸을 섞다니,

누님은 역시 누님이시다

함박꽃 틀니들, 공옥진 초청공연이 따로 없다 웃음바다
에 둥둥둥 떠가는 치매의 복사꽃잎들, 떠돌이 약장수에게
약 들여놓는 일도 없어졌다 이제 나는 노파 전용 영화관의
맏아들이다 돌아가시기도 전에 벌써 스카이 라이프라니!
짠하기도 하지만, 누님은 역시 누님이시다 녹슨 처마 끝
천국의 접시여 하느님도 세상 재미가 쏠쏠하신가 새털구
름 불콰한 하늘접시여

상호신용금고

사진액자 뒤, 장판 밑바닥, 장롱 이불장, 버선 속, 베갯
잇, 쌀독, 전화기 밑받침, 냉장고 냉동실

이곳들은 늙으신 엄니의 지갑입니다 나름 속셈을 바꿔
온 엄니의 지갑 변천사입니다 단돈 몇천원이라도 꺼낼 양
이면 온 집 안을 들었다 놓았다, 도둑이 다녀간 듯합니다
도토리나 밤톨 숨겨놓은 델 까먹고는 먼 구름에 눈 맞추는
하늘다람쥐처럼 마른 두 손만 비빕니다 빈방 수만큼 금고
만 텅텅 늘어납니다

행시비, 가루실, 쟁밭댁, 귀안터골, 약방집, 도시짱네, 샘
안집, 고랑집, 함박골, 울어네

이것은 이웃 은행들의 이름입니다 혼자 입출금에 경비
까지 서며 밥도 짓고 잠도 잡니다 빗소리 커다란 양철 지
갑 안에 개도 키웁니다 빚 가마니 실어나르던 녹슨 경운기
도 있습니다 그 경운기 탈탈거리던 사내에게 제도 올립니
다 양복쟁이 제비만 들락거리는 계절은행과 명절에만 여

는 무인은행도 있습니다 쭝국과 뻬트남과 삘리삔댁이 운
영하는 외환은행이 그중 성업입니다

물길

식구라는 그릇에
찰람거리는 물의 총량은 같다

손자녀석이 턱받이를 걷어내자
설암에 걸린 할아버지가 침 질질 흘린다
물줄기가 원자력병원까지 번진 것이다

감나무 아래 머위잎이 눈물 받는다
엄니가 매일 이마를 짚는 감나무
그 손자국 높이가 낮아진다, 해마다
감나무는 크고 엄니는 가라앉는다

활(活)이란 글자를 들여다본다
혀가 젖어 있어야만 먹을 수 있다 살아갈 수 있다
수저통 속 수저들처럼 물기를 놓지 말아야 한다
새벽 일찍 고향 쪽으로 큰절 올린다
꿈자리에 아버지의 채찍이 다녀가신 것이다
태반에서 빠져나간 물줄기는 어디로 갔나

전선마다 맺혀 있는 물방울들, 뚜두두두
이웃집 인삼밭으로 일 나간다, 하신다
인삼이 좋긴 좋은가보더라 게서 일하고 오면
몸이 가뿐하더라, 하신다 주인 몰래 많이 주워먹었더니
목이 탄다, 하신다 잔뿌리 주워와서 인삼김치 담가놨으니
가져가라, 하신다

머위잎이 전화기 밖으로 푸른 손을 내민다
정화수가 내 눈자위로 엎질러진다
물줄기가 이쪽으로 다 쏠렸으니 한동안 가물겠다
콩 이파리들 신작로 아래로 축축 늘어지겠다

인삼김치는 오래되면 깔깔하다, 하신다
잔대처럼 마르다가 팍 물러져서
아예 못 먹게 된다, 하신다

듣고 있냐 내 말 듣고 있냐 얘가 왜
말이 없댜, 전화가 끊긴다

강

너 낳고,

젖통이 고드랫돌처럼 굳는 거여 몇날 몇밤 뜨건 수건으로 싸맸다 풀었다, 조무래기들 돼지오줌보 다루듯 시어머니며 고모들이며 어린 삼촌들까지 달려들어 별짓 다 했는데도 자꾸만 딱딱해지는 거여 참다 참다 소 돼지 예방접종이나 놓던 돌팔이 의사한테 부끄러운 스물여섯살의 옷고름을 내맡겼는데 서른 넘어 늦장가 간 돌팔이가 알긴 뭘 알것냐? 돌확 옮기듯 사나흘 낑낑거리다가 스무 곳도 넘게 대침으로 찔러대는디, 아이고 지가 뭐 알고 그랬것냐? 이래 죽으나 저래 죽으나 어떻게든 해보라고 악써대니까 엉겁결에 그런 거지 그런데 어찌어찌 황소 뒷발에 밟힌 하눌타리처럼 누런 고름이 그놈 면상으로 솟구치는데, 내가 그때 알았다는 거 아녀 앓던 이 빠진 것 같다는 말 그거야 이놈 저놈 다 겪어본 거라 시도 때도 없이 입방아 찧는 거지, 진짜는 딱딱한 젖통 고름 빠지듯이란 말이 몇백 수는 윗줄인 거라 목숨이란 게 징그러운 거지 너는 어찌 알았는지 뚝 눈물 삼킨 채 젖을 찾더구나 근데 이놈의 고름이 제 살던 데서 계속 살고 싶은지 멎지를 않는 거여 병이란 거, 한

번 몸에 깃들면 당최 안 나서니까 안 낫는다는 말이 나온 거여 광목 기저귀 두세 장을 젖가슴에 둘렀다가 들일 마치고 들어와 풀어보면, 군을 덴 군고 젖은 덴 젖어서 저 강바닥처럼 척하니 굽이굽이 펼쳐지더구나 지금이니까 어둔 부엌에서 무슨 강줄기를 봤다고 문자 써가며 얘기하지, 옛날엔 그저 그게 다 한 여편네의 끝 모를 인생 같더구나 어찌어찌 다시 젖이 돌아 그 상처투성이를 빨고 네가 이만큼 장성했다만, 그래서 네가 선생질에다가 글쟁이까지 하는가 싶다 분필이나 펜대 놀리는 거, 그게 다 남의 피고름 빠는 짓 아니것냐?

어디, 구멍 숭숭 뚫렸던 젖통 한번 볼 거?

엄니의 남자

엄니와 밤늦게 뽕짝을 듣는다
얼마나 감돌았는지 끊일 듯 에일 듯 신파연명조다
마른 젖 보채듯 엄니 일으켜 블루스라는 걸 춘다
허리께에 닿는 삼베 뭉치 머리칼, 선산에 짜다 만 수의
라도 있는가
엄니의 궁둥이와 산도가 선산 쪽으로 쏠린다
이태 전만 해도 젖가슴이 착 붙어서
이게 모자(母子)다 싶었는데 가오리연만한 허공이 생긴다
어색할 땐 호통이 제일이라, 아버지한테 배운 대로 헛기
침 놓는다
"엄니, 저한티 남자를 느껴유? 워째 자꾸 엉치를 뺀대
유?"
"미친놈, 남정네는 무슨? 허리가 꼬부라져서 그런 거"
자개농 쪽으로 팔베개 당겼다 놓았다 썰물 키질소리
"가상키는 허다만, 큰애 니가 암만 힘써도
아버지 자리는 어림도 읊어야"
신파연명조로 온통 풀벌레 운다

청혼

　니 국민핵교 오학년 때, 개구락지 한 마리 땜에 부엌 바닥에 나뒹고라진 적 있어야 설거지하려고 도시락 뚜껑을 열었는디 갑자기 개구락지가 얼굴을 덮치는 거여 접시도 깨고 구정물통도 엎고 그때 생각허먼 지금도 웃음이 나야 뒷다리에 헝겊쪼가리를 매달고 폴짝폴짝 뛰어댕기는디 얼마나 궁금혔것냐? 갱신히 잡아본께 '반공방첩'이라고 쓰여 있드만 지가 무슨 간첩 잡는 특공대라고 말이여 왜 그때는 삼백육십오일 가슴팍에다 헝겊쪼가리를 차고 댕겼잖여 찬찬히 다시 본께 뒤짝에 '나 장가보내줘'라고 적혀 있드만 개구진 니 친구덜이 장난을 친 거지 무논이며 방죽이며 끓어넘치게 울어쌓는 것 본께 쟤들은 아직도 니가 결혼한 줄 모르는개벼 공일날에 횅하니 내려와서는 장개들었다고 니 입으로 단단히 일러야것다 아이고 전화 끊어야것다 저놈들 또 스피커 틀어놓고 왕왕댄다 개구락지들이 너하고 전화하는 거 다 아는갑다

　내가 아니구유 엄니 혼자된 거 알고 엄니한테 청혼허는 거유 뚜— 뚜— 뚜— 뚜—

낮달

정월 대보름도 달포나 지난 심심한 사랑방
막걸리 자국 희미한 소가죽 북처럼

빈둥빈둥

시부모 병수발로 꼬박 여섯 해나 숯불 받아먹다
산 입에 거미줄 치랴 호강에 겨워
이태째 삐딱하게 누워 있는
마루 밑 약탕기처럼

돌아서는 충청도

울진에다 신접살림을 차렸는디,

신혼 닷새 만에 배 타고 나간 뒤 돌아오덜 않는 거여 만삼년 대문도 안 잠그구 지둘르다가 남편 있는 쪽으로 온 게 여기 울릉도여

내 별멍이 왜 돌아서는 충청돈 줄 알어?

아직도, 문 열릴 때마다 신랑이 들이닥치는 것 같어 근데 막걸릿집 삼십년, 남편 비스무르한 것들만 찾아오는 거여 그때마다 내가 횅하니 고갤 돌려버리니까 붙어댕긴 이름이여

그래도, 드르륵! 저 문 열리는 소리가 그중 반가워

그짝도 남편인 줄 알았다니껜

이 신랑스런 눔아, 잔 받어! 첫 잔은 저짝 바다 끄트머리에다가 건배하는 거 잊지 말구 그 끝자력에 꼭 너 닮은 눔서 있응께

국밥 한 그릇

'세번째로 맛있는 집'에서 국밥 먹는다

왜 '첫번째로 맛있는 집'이라고 안했어요? 물어보니, 서
른 남짓한 여인이 웃기부터 한다 처음 오신 손님만 물어보
니 귀찮을 거야 없쥬, 한다 차림표에다 써놓을 필요가 어
딨것슈, 손사래친다

'첫번째로 맛있는 집'은 시할머니가 하고, '두번째로 맛
있는 집'은 시어머니가 운영한단다 손맛이란 게 역사라며
세번째도 과분하단다 '첫번째로 맛있는 집'은 육칠십대 어
르신들이 단골이고, '두번째로 맛있는 집'은 사오십 줄,
'세번째로 맛있는 집'은 이삼십대 얼라들이란다

좋은 밥집은 단골과 함께 나이 먹는 거라며 아직 어림없
단다 어서 빨리 '네번째로 맛있는 집'을 열면 좋을 텐디유,
하며 늦둥이 아들의 기저귀를 가는 여인의 뒤태가 고추장
단지 같다

녀석의 짝이 어딘가에서 어미젖을 쭉쭉 빨 것을 떠올리

며, 삼십년 뒤 국밥 한 그릇까지 쿵쿵 후루룩거리는 겨울
아침이다

참 빨랐지 그 양반

신랑이라고 거드는 게 아녀 그 양반 빠른 거야 근동 사람들이 다 알았지 면내에서 오토바이도 그중 먼저 샀고 달리기를 잘해서 군수한테 송아지도 탔으니까 죽는 거까지 남보다 앞선 게 섭섭하지만 어쩔 거여 박복한 팔자 탓이지

읍내 양지다방에서 맞선 보던 날 나는 사카린도 안 넣었는데 그 뜨건 커피를 단숨에 털어넣더라니까 그러더니 오토바이에 시동부터 걸더라고 번갯불에 도롱이 말릴 양반이었지 겨우 이름 석자 물어본 게 단데 말이여 그래서 저 남자가 날 퇴짜 놓는구나 생각하고 있는데 어서 타라는 거여 망설이고 있으니까 번쩍 안아서 태우더라고 뱃살이며 가슴이 출렁출렁한데 처녓적에도 내가 좀 푸짐했거든 월산 뒷덜미로 몰고 가더니 밀밭에다 오토바이를 팽개치더라고 자갈길에 젖가슴이 치근대니까 피가 쏠렸던가 봐 치마가 훌러덩 뒤집혀 얼굴을 덮더라고 그 순간 이게 이녁의 운명이구나 싶었지 부끄러워서 두 눈 꼭 감고 있었는데 정말 빠르더라고 외마디 비명 한번에 끝장이 났다니까 꽃무

52

늬 치마를 입은 게 다행이었지 풀물 핏물 찍어내며 훌쩍거리고 있으니까 먼 산에다 대고 그러는 거여 시집가려고 나온 거 아녔냐고 눈물 닦고 훔쳐보니까 불한당 같은 불곰 한 마리가 밀 이삭만 씹고 있더라니까 내 인생을 통째로 넘어뜨린 그 어마어마한 역사가 한순간에 끝장나다니 하늘이 밀밭처럼 노랗더라니까 내 매무새가 꼭 누룩에 빠진 흰 쌀밥 같았지

얼마나 빨랐던지 그때까지도 오토바이 뒷바퀴가 하늘을 향해 따그르르 돌아가고 있더라니까 죽을 때까지 그 버릇 못 고치고 갔어 덕분에 그 양반 바람 한번 안 피웠어 가정용도 안되는 걸 어디 가서 상업적으로 써먹겠어 정말 날랜 양반이었지

문병

할머니가 입원하자 빈집 마루 귀퉁이
물걸레가 제 본래 모습으로 돌아가고 있다
그 옛날 할머니가 입고 다녔던 헌옷으로 부풀고 있다
이웃집에 맡긴 누렁이와 문병이라도 가겠단 건가
봄바람의 바짓가랑이 부여잡고 읍내까지 다녀오겠단
건가
그놈의 환자복 벗어버리고 이 누더기라도 걸치라고
이 옷 입었을 때가 그래도 춘삼월이었다고
눈물 콧물 다 떠나보낸 빈털터리 마루 끝에 나앉아 있다

제3부

옥상이 논다

평상이 없다
예비군복과 기저귀가 없다
새댁의 나이아가라 파마가 없다
상추와 풋고추가 없다 줄넘기 소리가 없다
쌍절봉이 없다 씨멘트 역기와 통기타가 없다
골목길 멀리 내뱉던 수박씨가 없다
항아리가 없다 항아리 뚜껑 위에 감꽃이 없다
모기장이 없다 모기를 잡던 박수 소리가 없다
모기장을 묶어매던 돌덩어리 네 개가 없다
고무신이 없다 고무신 속 빗물 한 모금이 없다
안테나가 없다 안테나를 돌리는 작은 손이 없다
잘 나와? 잘 나오냐고? 안마당에 내려놓던 고함이 없다
우리집은 잘 나오는디, 염장을 지르던 옆집 아저씨의
　늘어진 런닝구가 없다 런닝구 속 마른 가슴팍에 포도씨
가 없다
　근데, 이 많은 것들이 언제 내 머릿속에 처박혔나?
　이마는 어느새 평상처럼 넓어졌나?
　가슴속 잡것들은 다시 옥상에 기어올라가려고, 불끈불끈

내 런닝구는 누가 이리도 잡아당겼나?
어떤 싸가지가 수박씨 날리는 거야?
고개 들어 텅 빈 옥상을 두리번두리번,

울음의 진화

포대기에 싸인 너는 울음으로 존재한다 울음소리는 어미에게로만 향한다 한 생명의 뿌리가 동백꽃처럼 빨갛다

한 해 두 해 팥단자와 떡국을 먹는다 어미젖이면 족했던 네 울음은 귀 뚫린 이 모두 듣고 눈 달린 이 모두 보아라 태풍 만난 우듬지처럼 두 손 두 발 마구잡이로 휘두른다 아기집에서 놀던 손발짓 그대로다 그러나 눈물로 세상의 양수를 다 채울 수는 없다 멈칫멈칫 두리번거린다 토막울음 운다

다시 십수년 너도 사랑을 앓는 나이 섧고도 부끄러워라 자궁처럼 이불 둥글게 말아 눈물 슬어놓는다 스스로 만든 동굴의 눅눅함으로 살집 부풀린다 슬픔도 무게가 있음을 안다 제 어둠을 팔베개하고 등짝으로 운다 땅이 꺼진다는 것을 안다 정확히 세 번 무거운 어깨로 눈물샘 뿜어올린 뒤 딱 한번 등짝 내려뜨린다 습지도 결국 잦아든다는 것을 안다 사람이 짓는 그늘이 그중 두텁다는 것을 안다

어느덧 너도 손차양 아득한 세월의 어미 아비가 된다 손발 고요해진다 어깨를 들먹이지 않는다 눈에 밟히는 살붙이들 반대쪽으로 등 돌려 마른 눈자위 훔친다 이제야 울음은 진화의 꼭지에 다다른다 졸아붙은 눈물샘 대신 콧물이나 훌쩍인다 양수에서 출발한 손짓 발짓은 콧물로 마침표를 찍는다 하지만 콧물의 나날은 짧다 시원의 탯줄인 양 쫄쫄거리다 멎는다 이젠 헛기침으로도 끌어올릴 게 없다 기침의 끝자리에 목숨만이 간당거린다

　눈물은 드디어 끝장난다 흡(吸)! 눈물의 길마저 거둬들인다 순간 임종을 지키던 피붙이들의 손발과 어깨와 콧구멍이 바빠진다 슬하 남은 것들이 저승으로 떠난 첫 날숨을 울음으로 들여앉힌다 호(呼)! 숨통은 한통속인 것이다 둥근 우주의 숨길이 그리하여 한 끈으로 이어진다

아버지의 욕

"운동화나 물어뜯을 놈"
어릴 적에 들은 아버지의 욕
새벽에 깨어 애들 운동화 빨다가
아하, 욕실 바닥을 치며 웃는다

사내애들 키우다보면
막말하고 싶을 때 한두 번일까마는
아버지처럼, 문지방도 넘지 못할 낮은 목소리로
하지만, 삼십년은 너끈히 건너갈 매운 눈빛으로
'개자식'이라고 단도리칠 수 있을까

아이들도 훗날 마흔 넘어
조금은 쓸쓸하고 설운 화장실에 쪼그려 제 새끼들 신발
이나 빨 때
그제야 눈물방울 내비칠 욕 한마디, 어디 없을까
"운동화나 물어뜯을 놈"에서 한 치도 벗어나지 못한 나는
"광천 쪽다리 밑에서 주워온" 고아인 듯 서글퍼진다

"어른이라서 부지런한 게 아녀
노심초새한테 새벽잠을 다 빼앗긴 거여"
두 번이나 읽은 조간신문 밀쳐놓고 베란다 창문을 연다
술빵처럼 부푼 수국의 흰 머리칼과 운동화 끈을
비눗물방울이 잇대고 있다

느낌표

원자력병원에서 돌아온 아버지
수덕여관에다 생의 벼랑을 부려놓았다

지팡이 안쪽에 새긴 유언, "꼭 필요한 사람이 되어라!"
마루 끝에 지팡이를 걸쳐놓았지만, 지팡이가 돌아가서
글자가 보이지 않았다
"한 글자에 오백원씩, 오천원 줬다 느낌표는 보너스여"
지팡이 손잡이를 받치고 있는 얼어붙은 걸레를 보았다
자식들의 눈길을 잡아보려는 간절함에서 풍경소리가 들
려왔다

그래, 걸레가 돼야지 걸레는 저렇게 숭엄하지
언 걸레를 뜯어보니 수건을 반으로 자른 거였다
나머지 반쪽은 행주나 발수건이 되었으리라
그렇지, 꼭 필요한 게 뭐여 지팡이, 걸레, 행주, 발수건이
지 나는
이 넷에다 주소를 둬야지 그러면 삶이란 녀석도 지팡이
짚으며 따라오겠지

아버지 가신 뒤, 나무도 사람도 느낌표로 보이기 시작했다

성냥골 느낌표로 불을 붙여 담배연기 물음표를 피워물었다

느낌표로 고기를 구워먹고 느낌표로 이를 쑤셨다

꼭 필요한 느낌표가 되었나? 느낌표와 누워서 느낌이 어떠냐고 물었다

등 돌린 세상의 모든 물음표에 목을 걸고 싶었다

"느낌표가 전부여 한세상 접을 땐, 느낌표만 남는 거여"

개나리꽃

개나리나무 활대로 아쟁을 켠다
아쟁은 아버지 같다, 맨 앞에 앉아 노를 젓지만
물결소리는 잦아들고 거품만 부푼다
황달에서 흑달로 넘어간 아버지
백약이 무효인 개나리 울 아버지
해묵은 참외 꼭지를 빨아서 콧구멍에 쏟아붓고는
숨넘어가도록 재채기를 한다, 절대 안되어
사약이여 사약, 한약방에서 절레절레 고갤 흔든
극약처방이 노란 콧물 뿜어올린다
오십년 묵은 아버지 콧구멍, 개나리꽃 사태다
이렇게 살아 뭐해, 두두두 무너지는 북소리
몸 뒤집은 아쟁이 마룻장을 두드린다
이제는, 배도 노도 가라앉은 지 십수년
속 빈 개나리나무 활대로 아쟁을 켠다
개나리나무는 내공 깊은 속울음이 있다
마디도 없는 게 악공이 되는 까닭이다
개나리 꽃그늘에 앉으면 자꾸만 터지는 재채기
아쟁 소리 위로 노란 기러기발 날아오른다

다시 황달로 돌아온 아버지처럼, 봄은
극약처방 없이는 꼼짝도 않는다

조개구이집에서

빙판길이든
눈 녹은 진창길이든
조개껍데기가 그만인 겨
조개란 것이 억만 물결로 이영을 얹었는디
같잖게 사람이나 자빠뜨리겠남?

죽으면 썩어 읊어질 몸뚱어리,
조개껍데기처럼 바숴질 때까지 가야 되잖겠어?
나이 사십 중반이면 막장은 거짐 빠져나온 겨
피조개 빨던 입이라고 사랑하지 말란 법 있간디?
연탄 한 장 배 맞추는 것도, 연탄집게처럼
한꺼번에 불구녕에 들어가야 되는 겨
자네 하날 믿고 물 건너 왔는디
하루하루 얼매나 섧고 폭폭허겄나?
요번엔 뗏장이불 덮을 때까지 가보란 말이여
관자 기둥까지 다 내어주는 조개처럼
몸과 맘을 죄다 바치란 말이여
사랑도 조개구이 같은 겨

내리 불길만 쐬붙이다간
칼집 안 낸 군밤처럼 거품 물다가
꽉 튀쳐나간단 말이지

조개는 헛바닥이 발바닥이여
제발 헛바닥으로 노 젓지 말고 발품을 팔란 말이여
산 조개만이 혀 깨무는 고통이 있는 겨
갱개미 바람벽 처다보듯 멀뚱멀뚱
자작만 하지 말고 한잔 따라보랑게

호박범종

물앵두나무 우듬지에 늙은 호박 하나, 폭설 내내 새들이
다녀간다 툇마루에 앉아 겨우내 낯선 새 울음소리 듣는다
호박범종을 치는 새의 부리들

밤이 되면 쥐들이 눈밭에 떨어진 황금빛 종소리를 두 발
로 받든다 퍼낼수록 고봉으로 담기는 바람소리, 홀가분해
라 밥그릇범종이다 물앵두나무 우듬지가 하늘 한복판을
때린다 너무 커서 울리지 않는 하늘종, 맥놀이도 없다

땅바닥에 떨어진 호박껍데기는 녹슨 철모 같다 사람의
머리만 빼내면 철모도 종이다 녹슨 철모의 주인들이 새가
되어 날아왔나? 철모로 한대 얻어맞은 영원한 이등병 지구
가 초록 입술을 내민다

다시 구덩이를 판다 지구의 봄은 호박씨 하나 까는 일에
열중이다 하늘범종을 쪼아보자고 부리를 내미는 새순들,
비천도를 내걸어라 덩굴손이 곧 용뉴(龍鈕)를 틀고 애호박
종을 매달 것이다 불목하니 호박벌의 타종 분주할 것이다

이등병 군번줄처럼 반짝이는 밤하늘 종소리

악필

월남전 다녀온 해부터
고엽의 떨리는 손으로 쓴 아홉 권의 일기장
그의 영정 아래, 마지막 장이 펼쳐져 있다

"염주는 가슴 쪽으로 굴릴 수밖에 없다
 죄가 크다 두고 온 아들이 눈에 밟힌다"

악필이 더 있다
 흰 페인트로 대문 앞에 써놓은 주차금지
 차주가 돼본 적 없으니 필적만 주차해왔다
 담벼락에 써놓은 소변금지, 가위는 한껏 녹슬어 이가 빠
졌다
 페인트 글씨도 폐인이 되었다 초록 대문에 쓴 개조심
 육개월 만에 잡아먹었으니 붉은 개조심만 남았다
 악필 중의 악필, 정말 으르렁대는 듯하다

하나 더 있다
 백열전구에 매달아놓은 우체국통장

표지에 써놓은 유언, "비밀번호는 네 생일이다
장례 치르고 남은 돈은 엄마 드러라"
어찌, 아들을 찾아 상복을 입힌단 말인가?

또 있다 부의나 조의는 없고
빼뚤빼뚤 이름자만 쓴 봉투 몇, 한결같이 악필이다
봉투의 여백이 시베리아 등짝이다
악다구니 셋이 소주를 마시고 악필 다섯이 고스톱을 치는
추운 밤이다 인력시장에 나가봐야 한다고
컵라면에 덜덜덜 뜨건 물을 붓는
문상 이틀째 새벽이다

한 일(一) 두 이(二) 석 삼(三) 여덟 팔(八)
주름살만은 당찬 추사체다
면면(面面), 명필 중의 명필이다

바람의 악수

명아주는 한마디로 경로수(敬老樹)다
혈액순환과 신경통과 중풍 예방에 그만이다

태풍을 고스란히 맞아들이는 어린 명아주, 거센 바람이
똬리를 튼 그 자리가 지팡이 손잡이가 된다 세상에는 태풍
을 기다리는 푸나무도 있는 것, 태초부터 지팡이를 꿈꿔온
명아주 이파리들이 은갈치처럼 파닥인다

길을 묻지 마라 허공을 헤아리면 세상 다 아는 것이라
고, 명아주 지팡이가 하늘을 가리킨다 먼 바다에서 바람꽃
봉오리 하나 소용돌이치는가? 그 태풍의 꽃보라 쪽으로 지
팡이의 숨결이 거칠어진다

먼저 풍 맞아본 자가 건네는, 바람의 악수
노인이 문득 걸음을 멈춘다 오래된 바람 두어 줄기가 정
수리 밖으로 빠져나간다 바람의 길이 하늘 꼭대기까지 청
려장(靑藜杖)으로 내걸린다

잔설

산 채로 털을 뽑다가 오리를 놓쳤다
털 뽑던 손아귀로 달포쯤 모이를 줬다
잔설의 몸뚱어리가 밥그릇 멀리 서성거렸다
깃털이 뽑혀나간 자리마다 얼음이 박혀 있는지
멍이 들어 있었다 물을 끓이고 잔털을 마저 뽑아내자
오죽 같은 무릎마디에서 피리소리 새어나왔다
꽥꽥거리던 트럼펫 안에 검은 피가 고여 있었다
뒤뚱뒤뚱 신물이 올라왔다 발톱이 찍혀 있던
마음 안팎에서 새싹처럼 소름이 돋았다

편지

폭풍우가 나만 비껴가겠나?
대나무 흰 뿌리가 다 파헤쳐졌네
우후죽순의 시절 다 지나갔네만
모진 목숨 어쩌겠나? 짧은 마디 비틀어
하늘 쪽으로 춤사위 펼치고 있네
이파리로 시작해서 이파리로 끝나는
가운데가 뿌리인 생, 말편자 같은
척추 마디를 달려가고 있네만
관통이나 직통은 멀기만 하네
벼랑에 매달려 있기 때문도
마디가 많기 때문도 아니라네
어디로 뻗어나가도 결국
몸 안에다 마디만 늘리는 일,
빈손이 허전하면 톱이라도 들고 옴세
대나무 숯불구이 어떻겠나?
대는 대를 떠나야만 관통이든 파죽이든
끝장을 볼 것 아니겠나? 모진 것끼리
피식피식, 대꽃 한번 피워봄세

콧물의 힘

느릅나무 향나무 노간주나무, 그 어떤 무쇠나무로 코뚜렐 만든다 해도 소 콧구멍에 주소를 둔 놈이라야 힘을 쓰는 거

헛간 말쿠지에 몇해째 걸려만 있는 코뚜레는 지 몸 휘어잡고 있는 지푸라기 한 올도 끊덜 못혀

쇠전에 끌려나온 목매기송아지처럼, 오늘은 맘껏 울어 눈물 콧물에서 용쓰는 힘이 나오는 것인께

워쩔껴? 인연이란 게 다 코가 꿰인 울음보인 것을, 어딟 팔자 반토막 콧물 전 코뚜레인 것을

토란

가뭄에
속이란 속 다 타들어가는데
토란잎 물방울들
마른하늘을 둥글리고 있네

참 신기하다야!
하지만, 이건 사람의 장난
가래침 아니면 오줌이라네

제 오물을 궁굴리며 노는
잡것들이 기특해서, 토란잎은
사람을 우러러보는 것이네

세상에나,
사람을 거울 삼아
맑아지는 게 있다네

토란(土卵),

사람이 흙이 되기 전에
이리 맑은 알을 낳기도 한다네

아궁이

장작도
먹어본 놈이 먹나?
장작개비 두엇 쑤셔넣자
아궁이의 볼따구니가 찢어진다
양은솥단지의 귀때기가 너덜거린다

가장이 아픈 관계로 이 집
아궁이는 숯을 만들어본 적이 없다
보릿짚이나 밀짚이 주식이었다
지푸라기는 소여물로도 모자랐다
여자가 배워 뭣해! 국정교과서는 별식이었다
군불은 없었다 겨우 죽 끓일 정도였다
가장의 등골 말고는 냉골이었다

제집으로 병문안 온 듯
간병이나 하려고 태어난 듯
서성거리던 마른버짐들
어느 아궁이로 다 빨려들어갔나?

먹은 적도 없는 장작들이
흙벽 틈바구니마다
광대뼈처럼 불거져 있다

쌀

쌀 팔러 간다
철새 울음이 나락을 뽑아올렸다는 기러기 쌀
물 한 모금에 하늘 한 번 하느님만 섬겼다는 병아리 쌀
구박을 거름 삼아 홀대천대 여문 팔도 쌀들
다 모여 있다 우렁이 각시와 메뚜기 신랑이 키웠다는 숨
쉬는 쌀
밥물이 끓을 때 유난히 진땀 흐른다는 철원 쌀
세 포대를 산다 메뚜기가 무릎 두드리며 키운 청풍명월
쌀과
기러기똥 받아먹으며 지심을 키웠다는 비무장지대 쌀과
우렁이가 헛바닥으로 김을 맨 내포 쌀을
쌀통에 붓는다 게다가 철새도 쉬어넘는 금강산
관광기념으로 사온 잡곡 고루 섞어 밥물 잡는다
제법 그럴듯한 대동여지도건만 목젖에서 밥통까지
저릿저릿 아리다 비무장지대에 멧돼지 뛰어다니나?
화약 신트림에 푸드덕 장끼까지 날아오른다
쌀포대마다 흰자위뿐인 둥근 비닐 눈 하나
그 외짝 눈흘김만이라도 꼭 한솥밥 먹거라

포개어 접어놓은 쌀포대끼리 무슨 말 주고받나?
갈아엎은 논바닥에 싸락눈 치는 소리
먼 하늘 성에 낀 날갯깃에 쌀 안치는 소리

주먹밥

칠갑산 천장호
저 돌들! 얼어붙어 있네
동장군이 흘리고 간 장갑일까?
푸덕푸덕 새벽 똥 내던지며 소떼라도 건넜는가?
생각해보지만, 저 돌들! 사람의 짓거리라네
꽁꽁 혹한을 여민 지느러미들에게
얼음구멍 속 떡밥은 맛보기였다고
이건 주먹밥이라고, 거짓말이라도 건네고 싶네
너희들을 혼절시키려는 해머가 아니었다고
입이 뾰족한 겨울바람에게 말 섞고 싶네
절레절레, 봄물에 가라앉기 전에
팽이 같은 입술로 생짜라도 놓고 싶네
이건 김 무럭무럭 나는 보온밥통이라고
그을린 가마솥이라고, 얼렁뚱땅 농이라도 치고 싶네
그래야만 볍씨 앉히는 봄날, 수문 열어 몸 덜어 쓰고
알 낳으러 거슬러오르는 물고기들
야윈 등줄기도 볼 수 있지 않겠나?
살살 꼬드겨서 가난한 부엌으로

데려올 수도 있지 않겠나?

노을부동산

빚을 내서라도 서해 쪽에 투자해야 한다고 다들 경을 읽어대드만 그놈의 독경이 신통력을 발휘했는지 어느날 내 쇠귀가 번쩍 뜨이더라구 아따 내 머릿속으로 갈매기 울음이 그득 쳐들어오더란 말이여 그래 암내 맡은 황소처럼 한달음에 달려가서 개펄 수십만평을 땅땅 등기해버렸는디 순식간에 몇배는 뛰드만 망둥이가 제아무리 높이 뛴다 해도 서해 땅값만큼 솟구치겠나? 나무하고 땅은 거저 큰다더니 얼마나 신나던지 부동산경 집필자를 대동하고 냅다 서해로 내려갔지 그런디 갈 때마다 바닷물이 남실거려 코쭝배기도 볼 수 없는 기라 안되겠다 싶어 통닭 열 마리와 맥주 다섯 짝을 싣고 내려가 물때를 알아봤지 근디 말이여 조금사리에도 말뚝 몇개 박응께 금세 바닷물이 들이닥치는 기라 에라 엿이나 먹어라! 하고는 거기 토박이인 개불하고 낙지들을 꼬드겨서 노을경작을 하게 된 것이여 요번 봄에 가봤더니 말이여 이젠 땅이든 노을이든 팔아먹기 글렀더구먼 글쎄 말이여 내가 박아놓은 말뚝에다 그물을 쳐놓았더니께 하여튼 서해 지나다가 불뚝불뚝 솟은 말뚝을 보면 그게 다 내가 박아놓은 것잉께 맘껏 잡아먹으라구

코끼리 허벅지든 하마 등허리든 진흙 마싸지가 그만이랑께 몇삽 떠가고 말이여 노을은 내가 아끼는 것잉께 볼따구니 불콰할 정도만 바르는 거 잊지 말구 참! 바닷물 들이치면 말이여 무조건 중국 자랑 좀 해줘 바닷물이 그쪽으로다 몽창 몰려가게 말이여

이웃

아이들이 공부하고 있으니
두부장수는 종을 흔들지 마시고
행상트럭은 앰프를 꺼주시기 바랍니다
크게 써서 학교 담장에 붙이는 소사 아저씨 뒤통수에다가
담장 옆에 사는 아줌마 아저씨들이 한마디씩 날린다
공일날 운동장 한번 빌려준 적 있어
삼백육십오일 스물네 시간 울어대는
학교 종 한번 꺼달란 적 있어
학교 옆에 사는 사람은 두부도 먹지 말란 거여
꽁치며 갈치며 비린 것 한번 맛볼라치면
버스 타고 장터까지 갔다 오란 거여
차비는 학교에서 내줄 거여 도대체
목숨이 뭔지나 알고 분필 잡는 거여
호박넝쿨 몇개 얹었더니 애들 퇴학시키듯 다 잘라버린
것들이
  말 못하는 담벼락 가슴팍에 못질까지 하는 거여
  애들이 뭘 보고 배울 거여 이웃이 뭔지
  이따위로 가르쳐도 된다는 거여

잘 나간다는 말

요즘 잘 나간다매? / 잡지 나부랭이에 글 좀 쓰는 게, 뭐 잘나가는 거래유? / 그게 아니고, 요새 툭 하면 집 나간다매? / 지가 외출허는 건 성님이 물꼬 보러 가는 거랑 같은 거유 / 물꼬를 둘러보는 건 소출하고 관계가 깊은디, 아우 가출도 살림이 되나? / 좋은 글 쓰려고 노력허고 있슈 / 요 샌 우리도 물꼬 안 봐 / 알았슈 이제부턴 사금파리 한 쪽이라도 물고 들어올께유 / 입에 피칠하고 들어와서 식구들 실신시킬라구 그러남? 웬만하면 나가덜 말어 / 알겠슈 / 글이랑 게 문리를 깨치면 눈감고도 삼천리 아닌감 옆 동네 이문구 선생 같은 양반도, 글쟁이들은 골방에서 문장이나 지으라고 그랬다잖여 / 방에만 있으면 글이 되간디유? / 어허, 싸댕기며 이삭 모가지 뽑는다고 나락이 익간디? 집에 들앉아서 제수씨 물꼬나 잘 보란 말이여 / 성님이나 잘 허셔유 / 얘가 귓구녕이 멀었나? 인젠 물꼬 안 본다니께 / 근데 형수님은 어디 갔데유? / 니 형수 요새 잘 나가야 몇 달 됐어 차례 지내려면 이제 그만 자야지 않겄어 / 얼라, 연변이 윗마실도 아닌디 어디 가셨대유? / 씨부럴, 요즘 담배는 위째 이리 젖불 쬐는 것 같댜?

제4부

이백

　원고지를 처음 만난 건 초등학교 사학년 때다 뭘 써도 좋다 원고지 다섯 장만 채워와라! 다락방에 올라 두근두근, 처음으로 원고지라는 걸 펼쳐보니 (10×20)이라 쓰여 있는 게 아닌가? 그럼 답은 200! 구구단을 뗀 지 두어 달, 뭐든 곱하던 때인지라 원고지 칸마다 200이란 숫자를 가득 써냈다 너 같은 놈은 교사생활 삼십년, 개교 이래 처음이라고 교문 밖 초롱산 꼭대기까지 소문이 쫙 퍼졌다 그로부터 십오년, 나는 작가가 되었다 지금도 글이 콱 막힐 때마다, 그 붉은 우물에서 두레박을 타고 이백이 솟아오른다 그때 나는, 이백과 같은 길을 걸어갈 거라는 막연한 운명을 또박또박 적어넣었던 게 아닐까?

귓불

빨랫줄에 호박고지를 넌다 참 고웁지? 이게 하느님의 귓불이란다 호박 구덩이에 똥물을 끼얹던 마디 굵은 손이 바지랑대를 높이 받든다

서둘러 먹으면 가을 햇살도 얹힌답니다 한 옴큼 한 옴큼 잘 씹어드세요 하느님의 귓불을 꾹꾹 눌러본다 거룩한 손길이시다

아이쿠 뜨거뷔라 하느님의 귀가 허공만큼 커져서 보이질 않는다 귀고리만 주렁주렁하다 참 호사스런 가을 하느님이시다

눈을 비빈다는 것

첫나들이 나온
아기 참새들에게, 흩어지지도
저 혼자 날아가지도 말라고
어미가 다짐받고 있네요

한참 만에 어미 참새가
벌레 한 마릴 물고 왔어요
막막한 세상으로 아기들이
다 날아가버렸는데 말이에요
다섯 마리 가운데 무녀리 한 마리
녀석의 마지막 끼니가 악물려 있네요

어미의 벙어리울음을
벌레의 솜털이 다 받아내고 있어요
하늘을 날아온 저 벌레의 집에도
남은 식구들의 목멤이 있겠지요
일파만파, 세상을 조여오는 그 몸부림이
어미새의 젖은 눈길과 만나면 회오리가 일겠지요

삼킬 수도 내려놓을 수도 없는
슬픈 실타래, 허공에 가득할 테니
눈을 비비는 거겠지요
그댈 만나러 갈 때마다
참새처럼 작아지는 거겠지요
눈꺼풀이 떨리는 거겠지요

내포석재 애기불

한참 돌 깨다 고개 들면
이웃한 성당 성모 마리아가 늘 굽어보더라며
자기는 진즉 성모 마리아와 결혼할 줄 알았다는 내포석
재 정씨
결혼한 지 이십오년 아직도 아내 이름은 민양
첫 배달 나온 인연으로 하루에 열 잔씩 꼬박
일년을 배달하다 점심저녁 찬합 나르게 된 민양
정말 성모 마리아가 다가오는 줄 알았당께
쎅시하다는 게 뭐여 성스럽다는 거 아녀
아직도 우리 민양 우리 민양 웃음 가실 줄 모르는데
돌가루 뒤집어쓰고 일하던 오빠가 성부였지 찰떡을 치
는 민양
돌덩어리 들어오는 날이면 밤늦도록 원석을 어루만지며
돌 안에 웅크리고 있는 짐승 소리도 듣고 바람에 흔들리
는 촛불도 들여다본다는 정씨
거북이가 자고 있으면 거북이를 꺼내고 호랑이가 포효
하고 있으면 호랑이를 꺼내지만
마당가 너른 바위 하나만은 깰 수가 없다고 저 돌 안에

탯줄 붉은 제 아기가 크고 있다고 쓰다듬고 쓰다듬는
정씨
하지만 알 만한 사람은 다 알지 저 너럭바위가
맨 처음 찻잔 풀었던 자리고 도시락 밀쳐놓고 별을 본
침소였다는 것을
우리 민양 우리 민양 한번도 애를 가져본 적 없지만
저 바위 안에 우리 아기 꼬무락꼬무락 자라고 있다고
우리 여래 우리 여래 어루만지고 어루만지는 성부 정씨
절에 댕기지만 성모님께 도둑기도도 드린당께
애기불은 삼천 년은 지나야 산통이 오는 거여
무럭무럭 자라거라 오늘은 바위 성전에 올라앉아
삼겹살 구워대는 성모 민양 성부 정씨

수건 한 장

축 임산부인과,라고 찍혀 있는 수건 한 장
어디서 열일곱 해나 잠자다가 이제야 여기 동네 목욕탕
까지 따라왔나?

첫애 출산 때,
둘이 나갔다가 셋이 돌아오는 눈길, 천북집 윗목에 꼬마
눈사람을 뉘어놓고 달래간장에 돌솥굴밥 비빌 때, 통통하
게 부푼 굴도 바다가 낳은 아기 같아 숟가락 내려놓고 무
릎걸음으로 수건을 들추다가 콩! 이마를 부딪고는,
선물이야
세상 가장 촉촉한 눈길로 희망을 훔쳤던가 단내나던 입
술로,

온몸 감싸안았던 첫 이불은 이제 얼굴 하나 가리기에도
작아졌다
큰다는 것은 몸에서 얼굴로 중심을 옮겨가는 것, 할아버
지를 받든 칠성판도 저승길 수건 같았다 수건 한 장의 설
렘에서 북두칠성 밑 빠진 국자까지, 넘치도록 퍼주다가 별

똥별로 사라지는 것이런만,

　고이 품어보는 큰애의 첫 이불

　아, 이리 살아 쓰겠나? 이리 굴러먹다가, 쓸모도 없는 도
마 하나 지고 무덤에 들어가서야 쓰겠나? 죄의 입술 훔치
는, 폭설로 빚은 두부 한 판

병따개는 입심이 좋다

동시 한 편 써서
냉장고에 붙여놓는다

> 눈사람
>
> 눈사람은 살 빠지면 죽는다
> 햇살 다이어트가 가장 위험하다

자꾸만 바닥에 떨어진다고
아내가 자석 병따개로 눌러놓는다
병따개 뒤로 첫 글자만 숨는다

> 사람
>
> 사람은 살 빠지면 죽는다
> 살 다이어트가 가장 위험하다

금강산도 식후경,

먹고 죽은 귀신은 때깔도 좋다

냉장고가 쉴 새 없이 심호흡한다

가만 보니 병따개는 무쇠 이빨을 갖고 있다

이 없으면 잇몸으로, 헛말이다

병따개는 통니 하나가 생명이다

이 빠지면 죽는다

장화

술도가 딸기코 주씨, 술탱크 젓다가 거꾸로 처박혔다 첨
벙! 뚱보 주인장이 달려나왔다 술맛 다 버렸군 일하기 싫
다고 장화를 처넣어 넌 오늘로 해고야! 안방 사무실로 쾅!
들어가버렸다 항아리에 빠진 주씨의 숨넘어가는 소리는
듣지 못하고 둥둥 떠 있는 장화만 본 것이다 왕창 막걸리
들이켠 주씨, 병원차에 실려갔다 주씨의 장화도 실컷 술
마셨다 이 일이 뭐가 힘들담! 며칠째 구시렁구시렁 문병도
안 가고 혼자 일하던 뚱보 할아버지도 술탱크에 처박혔다
나란히 병실에 누웠다 병원 가득 술냄새 풀풀 났다 아지랑
이도 등 돌린 채 비틀거렸다 문 닫은 양조장 처마 밑, 장화
두 켤레도 흠뻑 취해 누워 있다

떡

굴착기의 커다란 숟가락이 집 한 채를 주저앉힌다 피눈
물로 쓴 담벼락의 절규들과 제 뺨을 후려치던 깃발들이 힘
없이 뭉개진다

숟가락 바투 잡고 꼬막의 안살림을 파먹은 적 있다 골함석
지붕을 걷어내고 핏물까지 홀짝거린 적 있다 먹을 것도 없는
게 악다구니 고약하다며 손톱 밑까지 빨아먹은 적 있다

내 일만으로도 죽을 지경이라고 엄살 피울 때까지가 누
군가의 슬하다 쪽진 머리처럼 나는 뒷전인 채 피붙이들 때
문에 먹먹하다면 그제야 어미 아비가 된 것이다. 길고긴
외길, 식도의 주인이 된 것이다

위장 속으로 처박히는 굴착기, 골함석 지붕의 녹슨 부스
러기들이 밥통 가득 쌓인다 두통과 흉통 사이에 내 것 아
닌 듯 숨통이 있다 그 가파른 낭떠러지에 먹이란 짐승이
산다 식도가 삐져나와 고삐가 된, 그 질긴 짐승을 식솔이
라고도 부른다

101

역전쌀상회

문패가 셋이나 걸려 있죠 마지막 문패 속 이름도 이태
전에 떠났어요 쌀가마닐 지다 삐끗한 허리를 저승까지 데
려간 거죠 이제 할머니 혼자 알전구 밝히고 있죠 삼십촉이
면 쌀보리도 팔순의 허벅지도 눈부시게 빛이 나죠

쌀집 앞 은행나무만 소갈이 났나요 리어카 묶여 있는 앉
은뱅이 은행나무만 쇠사슬을 흔들며 투덜거리죠 가만 생
각해보면, 그 은행나무 참 기특하죠 저 혼자 불쑥불쑥 가
지를 늘이면 삼십촉으론 어림없을 테니까 말이에요 굴속
같이 어두우면 메밀꽃 같은 할머니 잇몸을 어찌 보겠어요
그런데, 그 은행나무가 기지개를 못 켜는 까닭이 또 있죠
키질할 때마다 뛰쳐나온 쭉정이들이 은행나무의 발등에다
뿌리를 내린 거죠 그 어떤 가로수가 제 작은 밥그릇에 들
깨를 들이고 보리 이삭을 패게 할 수 있겠어요 머리 꼭대
기에 주렁주렁 강낭콩 비녀를 꽂을 수 있겠어요 게다가,
시내 일만 이천 은행나무들이 구린내를 쏴대는데 그 눈칫
밥 받아먹으며 어떻게 키를 늘일 수 있겠어요 가지가 굵어
지면 어찌 할머니의 손을 맞잡고 할아버지의 새벽 천식,

그 기차소리 너머로 손차양을 할 수 있겠어요

　잠깐, 저곳 좀 보세요 펑크난 리어카가 낑낑거리며 쌀집
으로 들어가네요 햅쌀 세 가마니가 평당 천만원이 넘는 깔
판 위에 몸 부리네요 쌀가마니를 쓰다듬는 할머니의 쭈글
쭈글한 손, 저 거친 손바닥 아래에다 세상 잔머리들 다 들
이밀면 좋겠어요 강낭콩이며 작두콩, 친친 감긴 식구들과
함께 한번 들르시죠 찔레꽃처럼 환하게 저기 저 쌀집에서
다시 첫걸음 내딛자고요

열장

굿은 날이면
술 마시고 올 줄 뻔히 알고
저녁상에 내 수저를 올려놓지 않습니다
아침거리로 끓여놓은 술국
아이들이 저녁부터 먹습니다
술맛보다 해장국 먼저 길듭니다
장마 때가 젤로 무섭습니다
비 오는 저녁엔 어찌 알고
대리운전 광고가 세 개씩이나 들어옵니다
핸드폰이란 게 걸어다니는 광고판이죠
받은 문자 순으로 네 번 다 부른 적도 있습니다
스티커 열 장이면 써비스로
공짜 대리운전을 한 번 해줍니다
열 장이 모이면 바쁜 근무 중에도
비나 왔으면 하고 서녘 하늘 내다봅니다
애들은 피자와 통닭 스티커를
아내는 세탁소와 찜질방 스티커를 모읍니다
우리 가족의 바람은 얼짱이 아니라

딸꾹! 열 장입니다

쌍화점

　밤 깊은 3차 술자리, 휴대전화가 뜬다 "아빠, 큰일났어요 엄마 방에서 이상한 소리가 들려요 아빠도 없는데" 술이 확 달아난다 술집 벽에 붙은 야한 달력 속 오토바이에 시동이 걸린다 "노크하지 말고 조용히 현관에 가봐 아니다 노크해봐 아빠처럼 꼭 헛기침하고" 술집 주방에서 들려오는 파전 뒤집는 소리마저 불안하다 그때 다시 부르르, 문자가 뜬다 ─ 아빠, 들어올 때 감기약 ─

　"잠깐만 실례!" 거수경례에 콧노래까지 흥얼대며 술집을 나선다 눈보라 치는 새벽 한시, 어딜 가서 감기약을 사나? 24시 편의점에 들러 겨우 쌍화탕을 산다 취한 눈에 자꾸 쌍화점이 깜박거린다 비틀비틀, 2차에 들렀던 단골 술집 문을 밀친다 "아줌마 금세 보고 싶어 왔어요 먹다 남은 감기약 있으면 꿔줘요 아내가 지금 야한 드라마 더빙하고 있다네"

　약봉투에 낯설고도 아득한 아내 이름을 쓰고는, 쌍화탕 두 병을 포갠다 어떻게 따스하게 배달하나? 세상도 메뉴도

나 없이는 절대 안되지, 3차 술자리로 돌아와서는 통닭 한 마리 급배달시킨다—나 대신 애쓴 닭 날개에 뽀뽀 한번 해주게—고개 처박고 문자를 찍는다 "아내의 신음소리 여! 사라져라" 우쭐대며 건배사를 외치자, 게슴츠레하던 동태눈들에 일제히 쌍심지가 켜진다

하느님 떡국 드세요

 네 살 터울 막내에게 큰애 바지를 입힌다 세 번 접혔던 바짓단, 한 번 더 접어올린다 겨우내 나이테가 하나 더 그어질 것이다

 작은애도 바짓단 그득 모래와 검불을 날라올 것이다 보 잘것없는 흙먼지와 낙엽 부스러기가 그 나이테를 하늘 쪽으로 치켜세우는 것이다 저 낮고 힘없는 사다리를 타고 올라, 세상 모든 아이는 아버지와 할머니의 성근 백발을 내려다보는 것이다

 바닷가 모래펄도 나이테를 쌓으며 넓어지는 것이다
 밤하늘 은하수, 그 올 풀린 바짓단은 누구의 나이테란 말인가?

나무의 귀

나무 밑둥치에 매미껍질이 붙어 있다 생의 태반(胎盤)은 저렇듯 투명한 것이다 더는 날아오를 날개가 없으므로 닫힐 일도 없는 등짝, 울음소리를 날려보내고야 매미껍질은 나무의 귀가 되었다 하늘의 숨소리도 여기 나무의 귓바퀴에 와서 덩굴손을 한 번 더 말아올린다 귀 하나가 전신인 매미껍질 안에 나무관세음이 있다 나이테 넓어지는 소리가 저 등짝과 내통하면 천둥이 된다 천둥번개는 어떻게 잦아드는가? 날개가 지나간 산도(産道)로 다시 하늘의 고성방가를 잘게 부수어들인다 그러니 운 좋으면 나무의 귀에서 운석을 꺼낼 수도 있다

여우비

삼우제 마치자 장대비 쏟아진다
혼자 남은 아들이 무덤에 남색 비닐포장을 덮는다
채 가라앉지 않은 슬픔에게 농을 친다

— 저승길에 한복 입혀드리냐? 쪽빛이 곱다야

— 평생 머릿수건 벗으실 날 없었는디,
　자식이란 놈이 또 씌워드린다야

—아저씨 옆에 나란히 누우니께 젖무덤 같다야
　그리고 본께 한복이 아니라 부라자다야

— 치매 걸린 니네 할머니는
　머리에다 부라자 쓰고 댕기냐?
　하기야, 돌아가시고야 처음으로 부라자 찬다야

거시기 끈을 맞잡고 실랑이 벌이는 사이
먹구름 속 햇살이 배시시 엿본다

허공의 알종아리에 핏줄 돋는다
황토무덤에서 나누는 입 근지러운 것들의 싸한 마음을
적시겠단 건가? 말리겠단 건가?
여우비 내린다

명창

막 오줌을 가리기 시작한 돌배기 사내애가 바싹 마른 빈 우유갑에 작은 고추를 디밀어 넣고는 핏발 선 얼굴로 오줌을 갈기는데, 천지간에 그리도 유쾌하고 장대한 폭포소리라니, 새끼들 밥숟가락 부딪는 소리와 책 읽는 소리와 가문 논에 물 잡는 소리가 가장 듣기 좋은 소리라는데, 여기에다 이 오줌발 한자락을 더하니 드디어 완창이라 우유갑 속에 숨어 있던 그 어린 소리꾼의 새끼손가락만한 목젖을 한 번만이라도 볼 양이면 두 눈 두 귀가 확 터져서 세상 잡것들 모두 귀명창이 되는 것이렷다

금강조경원 장씨

　박수근의 화폭에서 방금 옮겨심은 듯한 모과나무, 많은 나무 중에 그 못생긴 모과나무에 마음 쏠립니다 값이 나가서가 아니라 까치집 때문이죠 엿장수 가위처럼 척척 맞아 떨어지는 새끼 까치와 어미 까치의 노랫가락이 들려오는 것 같죠 눈 내리는 날이면 까치집이 꼭 삼베 보자기 덮인 들밥 같습니다 돌아가신 어머니가 추운 손발로 피안을 건너오셨군요 높은 자리에 밥을 모셔야 하니라 그래야 마음도 높아지지 뼈마디 삭정이로 지은 고봉밥을 외다리밥상에 차려놓으셨군요 올봄에는 좋은 나무가 한 그루 더 생겼습니다 흰 두루마기 백송 한 주가 새로이 까치둥지를 품었거든요 아버지께서도 돌아오신 거죠 이젠 목덜미가 좀 뻑적지근해지겠습니다 하늘을 우러러보는 일이 더 늘 테니까요

멍에

쟁기가
멍에를 잡아채자
목덜미에 주름이 잡힌다

맨 처음 멍에를 얹었을 때
그 쓰라린 예닐곱 개의 주름은
한 개 혹 속에 갇혔다

글쓰는 이가
펜혹으로 세상을 두드리듯, 소는
멍에터에 묻힌 어린 주름살의 힘으로
대지 위에 초록 주름을 잡는다
하늘의 짝이 된다

제 목덜미에 무덤을 얹은 채
쇠방울을 흔드는 젖은 눈

펜혹이

그 무슨 칼무덤일까마는

밀 보리며 벼 뿌리는
멍에터에서 빠져나간
일소의 터럭을 닮았다

그가 그곳에서 사는 이유
한창훈

이를테면 시인 직업도 국가자격증이 있고 자격증 취득 시험을 면접으로 본다 치자.

아니, 면접 오면서 소주병 들고 들어오는 사람이 어딨어요? 술병은 입구 우산꽂이 같은 곳에 두고 들어오세요. 아무리 해장이라도 그렇지, 국가행정 알기를 원…… 저기요, 초상났어요? 그만 좀 우세요. 화장지 거기 있으니 콧물 좀 닦으시고요. 으이그, 다른 곳으로 얼른 전근해야지, 이게 무슨 짓이야 그래. 그리고요 제발 면접관 앞에서 피 좀 토하지 마세요. 화장실 옆에 따로 각혈실이 마련되어 있으니 거기를 이용해주시구요. 피 토하면 곧바로 자격증 준다는 말은 브로커들이 하는 소립니다. 속지 마세요.

관계당국자 이렇게 질서유지에 힘쓰다가 문득, 무슨 일로? 보시다시피 여기는 시인 자격증 면접실입니다. 방을

잘못 찾아오신 것 같은데요, 운동선수 면접실은 다음 동에 있습니다, 이런 말 하게 된다면 이정록 시인이 문 열고 들어왔다는 소리이다.

병환(病患)적인 눈빛, 바짝 마른 몸, 신경질적인 입꼬리, 독한 기침으로 밤을 새우다가 새벽에는 급기야 피도 한모금 토해내는 게 시인이라면, 그는 애초에 자격증 취득이 불가능하다. 그는 로마병정 같은, 네모나고 단단한 몸을 가지고 있으며 각 부위마다 근육이 찰진 사내이다. 국가지정 시인들이 빈 소주병 나뒹구는 골방에 누운 채 볼펜 한자루 들 힘만 있으면 나는 쓰겠노라, 컬럭거릴 때 그는 150근 청룡도 휘둘러 다섯 송이 매화를 허공에 그리고 나서 장풍으로 낙관 마무리 한다. 하고 나서 씨익 웃는다.

나는 기운이 강하고 튼튼한 시인을 만나면 다행이라고 생각한다. 시인이 여리고 세세하기만 하다면 군인이라고 총질만 잘하는 것과 다를 바 없기 때문이다. 소설 쓰겠다고 소설책만 보면 반쪽짜리 되기 십상이듯이 시인도 (통상적으로 봤을 때) 반(反)시인의 세계를 지녀야 한다. 자신과 어울리지 않는 것 기웃거리기. 그것과 나와의 연결통로 만들기. 예전 씨름선수 이만기가 훈련의 한 방법으로 탁구를 열심히 쳤다는 말을 듣고 무릎을 친 것도 그런 이유에서이다.

조금만 일찍 태어났다면 그는 유랑극단 변사를 했을 것이다. 제 발로 찾아가지 않았다면 납치를 당했을 것이다. 벌이가 시원치 않은 극단에서는 변사도 짐을 나르고, 아시바 메고 천막도 칠 수밖에 없지만, 무엇보다도 뛰어난 언어감각을 가지고 있기 때문이다. 어제 입국한 외국 관광객들을 한국말로 웃기는 것으로 봐서 위트가 가히 범지구적이다. 수출을 해도 될 정도이다. 그는 그것을 언롱(言弄)이라고 점잖게 부르지만 우리는 말빨이라 칭한다.

'구라'로 유명한 황석영 선생도 고개를 저으며 너한테는 졌다, 하신 적이 있을 정도로 그의 말빨은 독보적이다. 혹시 그와 술을 마신다면 화려한 일인극 무대를 볼 수 있을 것이다. 노래도 잘한다. '그는 갔어도 그의 노래는 남아 있다, 고(故) 남인수 선생의 애타는 목소리를 다시 한번 들어본다'도 들어보게 될 것이다. 모든 노래의 남인수화(化)는 음악에 대한 그의 자세이다. 그런 말빨과 노래는 왕왕 술집 여주인에게 헌사되는데 덕분에 우리 일행은 특별관리 대상으로 선정되기 일쑤이고 여타 편의와 배려를 보상으로 받게 된다.

화가가 되었을 수도 있다. 그림에 대해서도 뛰어난 감각과 실력이 있다. 예전에 나와 동료들이 인도양 항해기를 냈을 때 캐리커처를 그려준 사람도 그였다. 자신의 동화집에 종종 직접 그림을 그려넣기도 한다.

말했듯이, 그는 말을 아주 재치있게 한다. 기억력도 좋다. 모 대학 문창과에 같이 강의 나갈 때였다. 내가 맡고 있는 소설반과 그가 맡고 있는 시반이 뒤엉켜 술을 마셨다. 학생들끼리 도토리와 상수리가 같네 다르네, 다르면 이렇게 다르네 저렇게 다르네 옥신각신했다. 한 학생이 우리에게 물어왔다. 그는 그 자리에서 한쾌에 대답했다.

"드러누워 배꼽에 얹어놓고 흔들었을 때 굴러떨어지면 상수리, 잘 박혀 있으면 도토리.

귓구멍에 박아넣어도 쏙 빠지면 상수리, 큰일났다 싶어지면 도토리.

꼬마들 구슬치기 대용이 되면 상수리, 그렇지 못하면 도토리.

속을 파내고 호루라기로 쓸 수 있는 건 상수리, 되레 손가락 파먹는 것은 도토리.

떡메 맞고 후두둑 떨어지는 건 상수리, 여물어 저 혼자 떨어지는 건 도토리.

줍다가 말벌에 쏘일 수도 있는 건 상수리, 땅벌에 쏘이게 되면 도토리.

구워서 먹을 만하면 상수리, 숯 부스러기만 남는 건 도토리.

동네총각 주머니로 가는 것은 상수리, 꼬부랑할망구 앞

치마로 가는 것은 도토리.

맷돌에 넣고 갈 때 너무 커서 암쇠에서 매좆이 쑥쑥 빠지는 건 상수리, 금방 가루가 되는 것은 도토리.

떨어질 때 산토끼 다람쥐가 깜짝 놀라면 상수리, 아무도 모르면 도토리.

묵을 쒔을 때 빛이 나고 찰지면 상수리, 거무튀튀하고 틉틉하면 도토리.

잠깐 동안 이만큼 주울 수 있으면 상수리, 찾아다니다가 발목만 삐는 건 도토리.

갓난아들 불알만하면 상수리, 할아버지 썩은 송곳니만 하면 도토리.”

그리고 선생답게 이렇게 뒤를 맺었다.

“참나무과 중에서도 도토리 열매가 열리는 나무를 참나무류라고 한다. 즉 상수리나무, 떡갈나무, 신갈나무, 졸참나무, 굴참나무 등을 한데 묶어 이르는 말이다. 학술적으로 도토리나무와 참나무라는 우리말 이름을 가진 종은 없다. 다만 사람들이 둥근 도토리 열매를 맺는, 키 큰 나무를 참나무, 뾰족하고 작은 도토리 열매가 열리는 키 작은 나무를 도토리나무라 한다. 이상, 상수리와 도토리에 대한 수업 끝.”

이 정도면 식물학자도 새 직업 찾아 교차로 신문 구하러 가야 할 판이다. 하긴 그는 한동안 농고에서 농업을 가르치기도 했다. 고추가 교목이라는 것을 나는 그에게서 들었다. 고추가 풀이 아니라 나무란다. 따뜻한 곳에서는 계속 자란단다. 어쩐지 여물고 맵더라.

물론 그는 고등학교 한문선생이다. 체육선생이 운동장에만 있으라는 법 없듯이 한문선생이 한문만 가르치라는 법 또한 없는 것이다. 내 친구 하나는 중학교 때 반년 동안 미술선생이 영어를 가르쳤는데 그중 두 달은 수위가 수업을 맡았다고 한다. 그 수위는 월남 참전용사였으며 미군들하고 친하게 지냈다는데 진위는 모른다. 다만 그 친구는 찹찹, 단어만큼은 원어민 발음으로 할 수 있었다.

아무튼 그는 우리들을 앉혀두고 간혹 한문강독을 한다. 강독을 듣고 있자면, 아아 나도 한문학과를 갈걸, 후회를 하게 된다. 나는 지역개발학과라는, 이명박 정부 들어 심하게 부끄러워지는 그런 과를 전공했다. 시안(詩眼)이라는 말도 그에게 처음 들었다. 독자를 바라보고 있는 시 속의 눈 하나. 내가 감탄을 하자 그것은 한시의 특징 때문에 나온 것이며 우리나라 글에서는 문안(文眼)이 맞는 단어라고 해서 내 감탄을 쑥스럽게 만들기도 했다.

상황대처능력도 뛰어나다. 문창과 수업 하는 날, 비가 왔다. 그는 말했다.

"저번 시간에는 시인이 가져야 할 사회적 책임과 태도에 관해 이야기했고 오늘은 낭만에 대하여 이야기하겠다. 시를 쓰겠다면 이런 날 한잔하자고 전화하는 친구가 꼭 있어야 한다. 내 핸드폰을 안 끄고 여기에 두겠다. 전화가 오는지 안 오는지 한번 보도록."

삼십분쯤 뒤 전화가 울렸다. 그는 분필을 놓고 씨익 웃으며 핸드폰을 집어들었다. 학생들은 상수리와 도토리 때처럼 감동하는 얼굴을 했다.

"오, 그래. 잘 지냈어?"

'선생님, 저 민정이예요.' ― 그가 고등학교에서 담임 맡고 있는 반 여학생으로 그날 주번.

"비 온다고 전화했구나?"

'그래요. 비 와서 구질구질해 죽겠어요. 청소 다했어요. 근데 선생님 말이 좀 이상해요.'

"나야 늘 그렇지. 그래 어디서 볼까."

'어디서 보긴요. 빨리 종례해주세요. 알바 뛰는 애들 난리났어요.' ― 대학교 강의 오는 날엔 다른 교사에게 종례를 부탁해놓는데 주번이 그 사실을 잊고 있었던 것.

"거기? 알았어. 지금 수업중이니까 조금만 기다려."

'종 친 지가 언젠데 아직도 수업을 해요? 선생님 자꾸 왜 그래요.'

그는 태연하게 전화를 끊었고 얼른 껐다. 학생들은 고개를 끄덕였다.

그러니 사실, 시인으로 써먹기는 좀 아깝다. 힘을 봐서
는 씨름선수로 딱이며, 산야농(山野農)을 훤히 꿰고 있는 폼
으로는 앞서가는 농어민 후계자가 제격이며, 재기 넘치는
언변과 재빠른 대처능력을 보아서는 국가 대변인이 맞춤
이다.

그럼에도 그는 시인이다. 어떤 시를 쓰는가.

충청남도 광천장(場)에서 출발하는 천북행 시내버스 운
전사는 버스 안에 파리가 많아 골치다. 경로우대권 한 명
탈 때마다 등짝에 무임승차로 댓 마리씩 올라타기 때문이
다. 운전사가 파리채를 휘두르자 노인들이 말한다.

"그냥 놔두시게 기사양반. 그놈들도 광천장에 왔다 가
는 겨."

운전사가 대꾸한다.

"다들 데리고 타셨다가 슬그머니 떼놓구 내리시니 죽겠
슈. 저번 장날 것두 다 못 잡었슈. 잘 보면 집이 것두 있을
뀨. 낯익은 놈 있으면 인사들이나 나눠유."

"에끼 이 사람, 보니께 자네 등허리가 파리들한테는 아
랫목이구먼. 우리야 손님들인디 자네 식솔들을 면면 알 수
있간디."

「파리」(『버드나무 껍질에 세들고 싶다』)의 내용이다. 이렇게 그 동네 말투와 인정물태, 그것을 기반으로 한 성찰을 고스란히 시로 쓰고 있다. 그 동안 시집으로『벌레의 집은 아늑하다』『풋사과의 주름살』『버드나무 껍질에 세들고 싶다』『제비꽃 여인숙』『의자』가 있으며 이번이 여섯번째.

시집 제목들에서 대충 감이 잡히겠지만 도대체 값나가는 게 없다. 그의 시에 나오는 온갖 사물들은 고물장사도 고개를 젓는, 분리수거 대상들이다. 그의 시는 그렇게 여리고 약하고 찌그러지고 퇴색된 것에 머물고 피폐와 퇴화를 모태로 삼아 꽃피운다. 석쇠, 깻묵, 숟가락, 폐차, 대추나무, 닭, 곰팡이, 고구마, 개미, 간장, 식혜, 개집, 쑥, 무, 멸치, 요강, 웅덩이, 뒷짐, 촛불, 옻나무 젓가락, 소똥, 우표, 콩나물, 황태, 세숫대야, 졸음, 단무지…처럼 주변에서 멋대로 굴러다니는 것들이 그의 눈에 걸려 아픈 창조의 과정을 거친 다음 빛나는 시어로, 제목으로, 생명을 얻는다.

사물에 대한 직관이 날카롭기 때문이다. 노른자가 한쪽으로 몰려 있는 삶은 달걀을 두고 '끓은 물속에서 껍질 가까이 목숨을 밀어붙인 발가락과 날개죽지'(「달맞이꽃」, 『버드나무 껍질에 세들고 싶다』)를 읽어낸다. 「나무 한 그루」(『벌레의 집은 아늑하다』)라는 시에서는 '내 관(棺)으로 쓰일 나무가 어딘가에서 크고 있다'라는 대목이 있다. 그 문장을 읽었을 때 왜 나는 그런 생각을 한번도 하지 못했을까, 한탄했고 시인이 되지 않은 게 정말 다행이라고 생각했다.

그는 또 언젠가 이렇게 말했다.

"보니께 말이여, 삶과 죽음의 거리가 2.5cm드라고."

막연한 관념이 아니라 어떤 사물의 외형적인 특징을 본 것이다. 뭘까. 어떤 물건을 봤기에, 그 물건이 무엇이기에 삶과 죽음의 거리가 2.5cm라고 한 걸까.

그의 모든 것은 고향인 충청도의 언어에서 나오고 그것의 출발점에는 아버지와 어머니가 있다. 아버지는 튼튼한 몸과 고향마을 황새울을 유산으로 물려주었는데 그것으로 부족하여 몇개 더 물려준 것에 욕도 있다.

그는 아들의 운동화를 빨다가 문득, 오래전 아버지가 자신에게 했던 욕을 떠올린다. '운동화나 물어뜯을 놈.' 아하, 그는 욕실 바닥을 친다. 화가 난 부친이 솟구치는 순간에도 에두르는 표현을 쓴 것인데 그동안 잊고 있었다는 것은 상처를 받지 않았다는 증거. 댓돌에 운동화 벗어놓으면 무엇이 와서 물어뜯는가?

지금은 애들을 받들어 모시는 세상이지만 우리 어렸을 땐, 막말이 일상이었다. 부모의 막말은 주눅 아니면 반항을 만들어낸다. 그렇지만 그의 아버지는 욕 하나에도 이렇게 추억과, 비유의 묘미를 덧붙여준 것이다. 그게 이번 시집에 실린 「아버지의 욕」이다. 그러니 자신도 아이들을 나무랄 때 나중에 웃을 수 있는 그런 말로 해야겠다고 생각하게 되는 것이다.

그 아버지는 세상 뜨시고 어머니는 세상에 남으셨다. 어머니는 어떤가.

우선, 그가 가지고 있는 부드러운 눈빛과 소박한 성격은 어머니 내림이다. 위트가 아버지 거라면 어머니는 관조의 품격을 보여준다. 이번 시집에도 등장하시는 어머니. 그의 어머니를 한번이라도 본 사람은 말한다.

"그동안 정록이가 쓴 신 줄 알았는데 순전히 엄마 말을 받아쓰기해놓은 거로구만그래."

시인이 시를 쓸 때 어머니만큼 강력한 동기가 있을까만, 어머니만큼 큰 메타포가 있을까만, 어머니만큼 아름다운 이웃이 있을까만, 그에게는 그 이상이다.

어머니가 없었다면 대한민국 시인의 태반은 삼수째, 사수째, 자격증 취득 실패에 머물고 있을 터이지만(어머니 없이 시인이 된 사람은 감투상을 주든지, 창작과정을 추적해보든지 해야 할 일이다) 그에게 있어 어머니는 세상을 읽어내고 걸러내고 창조의 길을 열어주는 존재이다. 객관적 상관이다. 시의 출발점이고 창작과정이며 도달점이다. 위트와 성찰. 문학에서 가장 중요한 두 축을 그래서 그는

다 가지고 있는 것이다.

부모가 자신에게 했듯 그도 학교에서는 학생들을, 집에서는 아이들을 진심으로 사랑하고 위한다. 아이들 눈높이로 스스로를 낮춰 대화하는 탓에 농담도 예사이다. 어떤 아이든 독립된 인격체로 대하는 것이다. 그래서 그는 먼 여행을 하지 않는다. 집과 학교가 일상의 대부분이다. 객지에서 행사가 있어도 늘 막차를 타고 돌아간다. 쉬는 날이면 두 아들 손잡고 목욕탕 가서 때를 밀어주고 산보도 하고 영화도 보고 밥도 차려먹인다.

아 참, 2.5cm.

답은 병풍이다. 알다시피 웬만한 병풍은 양면을 다 쓴다. 한쪽은 초상이나 제사에 쓰는 분향용이고 한쪽은 회갑 같은 때 쓰는 축수(祝壽)의 용도이다. 2.5cm는 두께이다. 삶과 죽음이 동전의 양면과 같다는 것을 옛사람은 알고 있었던 것이고 당대의 시인은 그것을 읽어낸 것이다. (사실 2.5cm 이야기를 저가 해놓고서 잊고 있었단다. 그러다 나의 기억을 듣고 쓴 게 동시 「저승까지 거리는」(『콧구멍만 바쁘다』)이다. 그러니까 이 시에 관해서는 최소한 저작권의 반은 나에게 있다.)

그러다보니 여섯번째 시집의 시기가 되었다. 여섯번째

시집이란 여섯번의 독한 터널을 통과해왔다는 소리. 그것은 중심을 울리는 주변으로서 꾸준히 자신의 세상을 쌓고 지켜왔다는 소리이기도 하다.

마음을 단단하게 굳혔다는 중견(中堅)은 또한 지칠 때도 됐고 속 편하고 몸 편한 짓에 슬그머니 눈을 보낼 수도 있는 나이 아닌가. 못 본 척 돌아서기도 하고 몰라도 아는 척하며 이곳저곳 돌아다니기도 하는.

그러나 그는 앞으로도 그 동네에서 살 것이다. 해왔던 대로 할 것이다. 과하지 않고 헐하지 않게 살고 읽고 쓸 것이다. 사랑할 것은 사랑하고 미워할 것은 미워하며 부모처럼 늙어갈 것이다. 그의 보폭은 늘 그 속도였다. 신뢰는 보폭의 일관성에서 나온다. 그래서 그는 시 「느낌표」에서 이렇게 말한다.

"그렇지, 꼭 필요한 게 뭐여 지팡이, 걸레, 행주, 발수건이지 나는/이 넷에다 주소를 둬야지 그러면 삶이란 녀석도 지팡이 짚으며 따라오겠지"

韓昌勳 | 소설가

쓰는 게 아니라
받아 모시는 거다.
시는, 온몸으로 줍는 거다.

그 마음 하나로
감나무 밑을 서성거렸다.
손가락질은 하지 않았다.
바닥을 친 땡감의 상처, 그 진물에 펜을 찍었다.
홍시 너머 푸른 하늘을 우러러보았다.

사랑의 주소는 자주 바뀌었으나,
사랑의 본적은 늘 같은 자리였다.

2010년 봄
이정록

창비시선 313

정말

초판 1쇄 발행 / 2010년 3월 25일
초판 18쇄 발행 / 2026년 3월 27일

지은이 / 이정록
펴낸이 / 염종선
책임편집 / 이상술 전성이
펴낸곳 / (주)창비
등록 / 1986년 8월 5일 제85호
주소 / 10881 경기도 파주시 회동길 184
전화 / 031-955-3333
팩시밀리 / 영업 031-955-3399 편집 031-955-3400
홈페이지 / www.changbi.com
전자우편 / lit@changbi.com

ⓒ 이정록 2010
ISBN 978-89-364-2313-1 03810